Hermanas en guerra

1
vol.

Battan

ÍNDICE

Batalla 1:
Reencuentro

EEEEH...
¡MAMÁAAA!
¿DÓNDE ESTÁ MI VARITA DE KIRARA?
LA HE DEJADO EN LA MESA, PERO NO ESTÁ.
¿HMMM?
¿HAS MIRADO EN TU CUARTO?
AQUÍ TAM-POCO...
PUES NI IDEA... ¿ESTÁS SEGURA DE QUE NO LA HAS PUESTO EN OTRO SITIO?

IGUAL LA ENCUENTRAS LUEGO, HIJA.

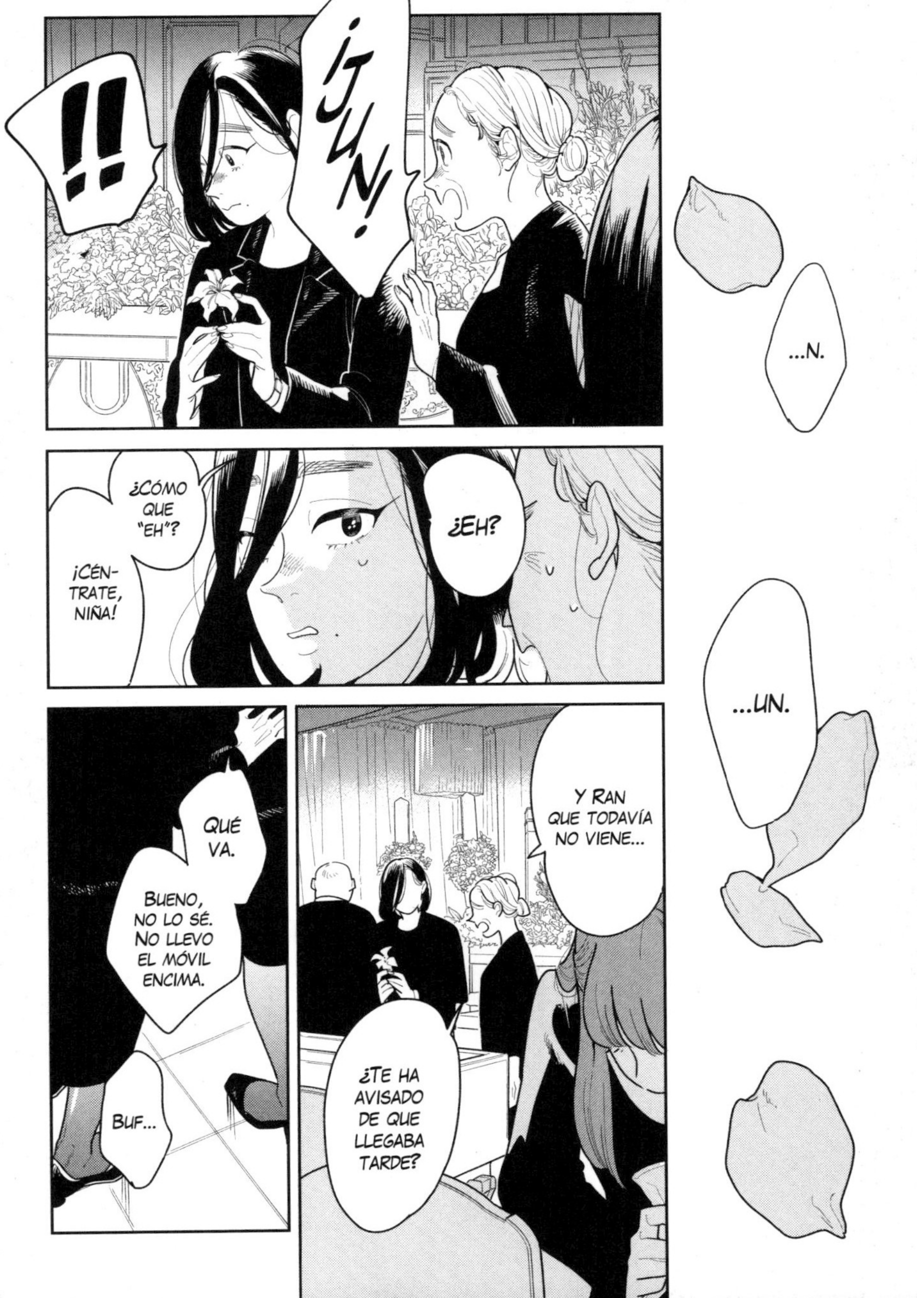
...N.
¡JUN!
!!
¿EH?
¿CÓMO QUE "EH"?
¡CÉN-TRATE, NIÑA!
...UN.
Y RAN QUE TODAVÍA NO VIENE...
¿TE HA AVISADO DE QUE LLEGABA TARDE?
QUÉ VA.
BUENO, NO LO SÉ. NO LLEVO EL MÓVIL ENCIMA.
BUF...

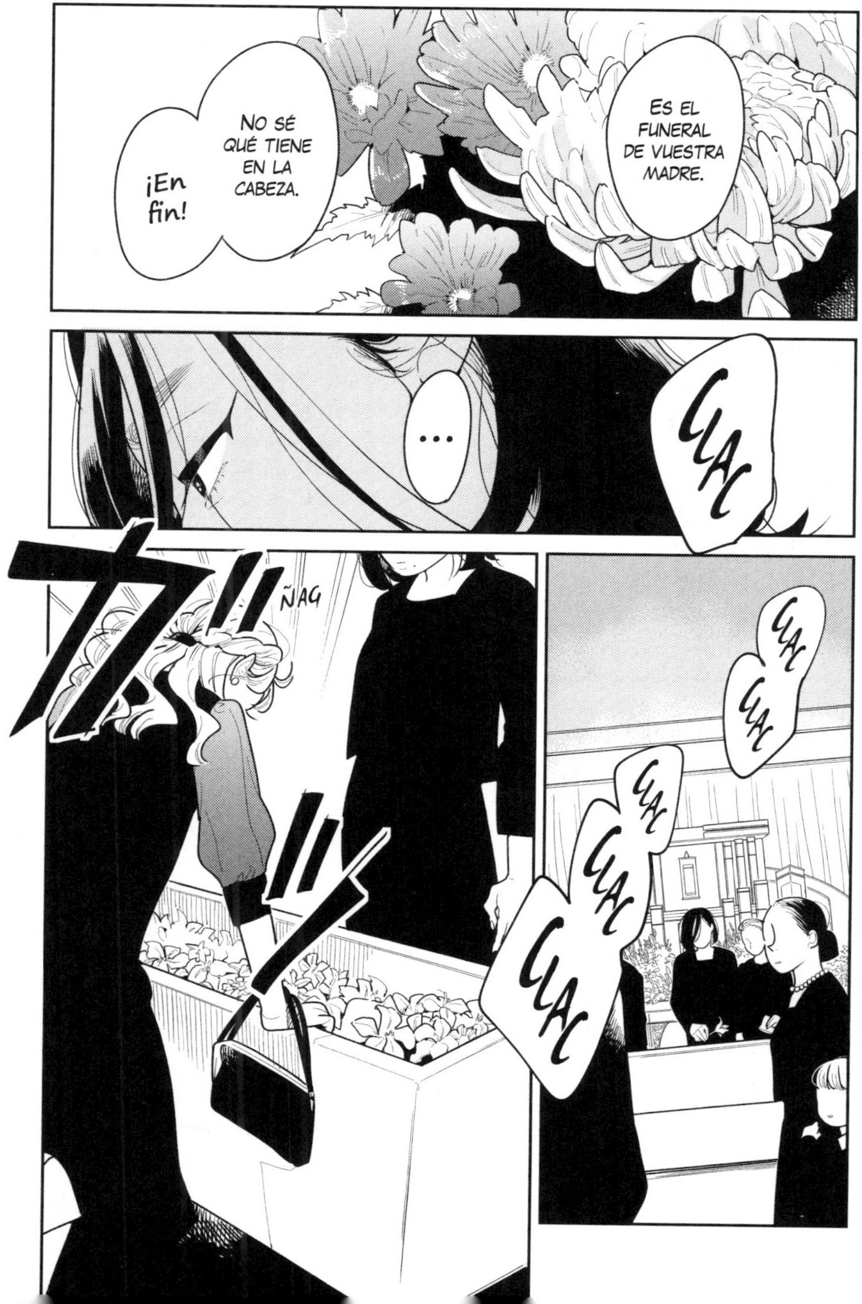
Es el funeral de vuestra madre.
No sé qué tiene en la cabeza.
¡En fin!
...
CLAC
ÑAG
CLAC CLAC
CLAC CLAC CLAC

Snif...
Mamá...
AQUELLA ERA LA PRIMERA VEZ...
...QUE NOS VEÍAMOS EN OCHO AÑOS.
ALLÍ ESTABA MI HERMANA MENOR.
LA QUE TANTO ME HABÍA ENERVADO SIEMPRE.

¡PERO JUN, CARIÑO MÍO!
NO TIENES QUE HACER DE ANFITRIONA HOY.
TÚ LLORA TODO LO QUE NECESITES.
AH, BUENO...
ES QUE YO ESTUVE A SU LADO DESDE QUE LA INGRESARON.
HE IDO PREPARÁNDOME PARA ESTE MOMENTO.
No pasa nada.
MIRA QUE SI TE CONTIENES, LUEGO ES PEOR.
¡DESCANSA UN POQUITO AHORA, AUNQUE SEA!

No hace falta, de verdad...
Si estoy bi...
¿Jun?
Cuánto tiempo sin verte.
Perdona, ¿eh?
He visto que estabais hablando, pero no sabía cuándo intervenir.
¿Qué tal estás?
¡Ran, ven aquí!

¿A ti qué te pasa?
¿No te da vergüenza llegar tan tarde?
Supongo que...
...Cuando asumí que mamá había muerto de verdad...
...Me entró...
...el pánico.
¡Bah!
Menos mal que tu hermana ha hecho lo que tocaba.
Por cierto...
¿Y tu marido? ¿No va a venir?
Qué va, se le ha complicado bastante el trabajo y ha tenido que quedarse.
Eso sí, me ha pedido que os dé el pésame.
Bufff...
Lo que yo digo. Sois tal para cual, ¿eh?
¡Él mismo tendría que estar aquí para dárnoslo!

¡NATSUKOOO, VEN A ECHARNOS UNA MANITA!
¿Eh?
¡AHORA MISMO VOY!
¡Perdón!
BUENO, NO OS OLVIDÉIS LAS DOS DE COMER ALGO, ¿VALE?
Vale.
Uf...
JUN...
NO HAS CAMBIADO EN NADA.
¡TSK!
¡NO ME TOQUES!

EN CUANTO SE ACABE EL FUNERAL...
...CADA CUAL POR SU LADO Y PUNTO.
SOLO POR HOY.
AGUANTO ESTO UN DÍA Y NO MÁS.
HOY Y YA ESTÁ.
¡JUN!

Llevo todo el día con una pena encima...
Creía que me había resignado, pero me duele que mi hermana menor se haya ido antes que yo.
Gracias, ¿eh? Menos mal que te tengo aquí..
¡Ah, tía!
Gracias a ti.
Dime, Jun...
¿Qué vais a hacer con la casa?
Desde que Mitsuru se nos fue, Yuriko era la única que vivía ahí, pero ahora que ella tampoco está...
Llevas unos días sin ir a trabajar, ¿no?
Creía que los profesores no podíais tomaros muchas excedencias.
No pasa nada, tengo unos días de permiso por fallecimiento.
Tenía pensado dedicarlos a darle un repaso a la casa y a descansar.
Ya te ayudo yo también.

Había pensado en mudarme aquí.
¡¿Qué dices?!
¿Pero no se te va a ir un dineral entre los impuestos de la casa y las reformas que necesita?
Ya, bueno, pero le tengo cariño.
Además, el alquiler que pago ahora también está por las nubes.
Ah, eso sí... Puede que se me haga enorme viviendo yo sola.
Verás tú qué faena para limpiarla...
¡Ya te digo yo que sí!
¡Pero búscate una buena pareja y verás qué bien!
Aunque Ran se te ha adelantado con todo lo de la boda.
...
Jun, cariño...
¡¿Os ha pasado algo a las dos?!
¿Os habéis peleado?

QUÉ VA...
MIRA.
ESTE ES UN BUEN MOMENTO PARA QUE OS RECONCILIÉIS.
VETE TÚ A SABER CUÁNDO SURGIRÁ OTRA OCASIÓN.
AHORA QUE YURIKO YA NO ESTÁ...
BUENO...
ME ARREPIENTO DE NO HABER RESUELTO SEGÚN QUÉ ASUNTOS CON ELLA.
AL FINAL...
...ES LA ÚNICA QUE TE QUEDA DE TU HOGAR.
POF
DEJA YA DE DARME LA CHAPA.
QUE NO NOS PASA NADA, EN SERIO.

ELLA NUNCA SUPO NADA.
DE HABERLE CONTADO...
...TODO LO QUE ME HA QUITADO RAN, SIN DEJARME NADA...
...ME PREGUNTO CON QUÉ CARA ME HABRÍA MIRADO.
¿EH?
¿DÓNDE ESTÁ?
SI LO HABÍA GUARDADO AQUÍ.
Mi suéter...
¡YA HE VUELTO!
Y ESO QUE AÚN NO LO HE ESTRENADO...
¡Ah!
¡HOLA, RAN!

OYE, ¿HAS CENADO?
HACE RATO YA.
¡PERO HABERME AVISADO!
BUF...
¡VAAALE! ¡PER-DÓOON!
¿VAS A SALIR?
AH...
¿EH?

¡EH!
¿QUÉ PASA?
¡ESE SUÉTER ES MÍO!
¡Llevo un rato buscándolo!
Perdonaaa...
¿ESTEEE?
AH, TE LO HE COGIDO PORQUE ME PARECÍA MONÍSIMO. ♡
¡ME TIENES HARTA!
¡ME LO QUERÍA PONER HOY!
BUENO, PERO ES QUE NO ME QUEDABA BIEN NADA.
Y COMO TÚ TIENES TANTA ROPA ASÍ DE BONITA...
¡Anda, toma!
BUENO...
¡QUE TE LO PASES BIEN!
TAP
TAP
TAP

MIS PENDIENTES DE DIAMANTES...
MI PASADOR PARA EL PELO...
MI BUFANDA DE CACHEMIR...
MI SUÉTER DE COLOR LILA...
EN CUANTO ME DESPISTABA...
...YA ME LOS HABÍA QUITADO.

Y SIEMPRE, PERO SIEMPRE...
...LE QUEDABAN MEJOR QUE A MÍ.

¡LO SIENTO, JUN!
¡UNA DE MIS COMPAÑERAS SE HA PUESTO MALA Y TENGO QUE CUBRIRLA!
NOOO, NO PASA NADA, TÍA.
SI, TOTAL...
...ESTO LO PUEDO HACER YO SOLA.
Además, soy yo la que va a vivir aquí...
VALE...
VENGA...
CUÍDATE.
¿EH?

ESTÁ TODO QUE PARECE NUEVO...
¿HABRÁ VENIDO ANTES LA TÍA NATSUKO A DARLE UN REPASO?
CUÁNTOS RECUER-DOS...

CADA VERANO, SIN FALTA...
...ME ECHABA MÁS DE UNA CABEZADITA AQUÍ.
AAAH... POR ESTO ERA.
PORQUE SOPLA UNA BRISA MUY AGRADABLE...
カラ RAAAC
カラ RAAAC
カラ RAAAC
¿EEEH?
¿QUÉ HACE LA PUERTA ABIERTA?

¿HABRÁ VENIDO ALGUIEN DE VISITA?
¡AaaH!
¡¿JUN?!
¡RITSU, CORRE!
¡MIRA QUÉ BIEN!
¡HA VENIDO JUN!
TAP

Ah...
Pues sí.
¡Qué casualidad!
Cuánto tiempo sin verte...
¿Qué tal todo, Jun?

¿Y BIEN?
¿A QUÉ HABÉIS VENIDO?
¿CÓMO QUE A QUÉ?
¿NO TE LO HA DICHO LA TÍA?
¡QUEREMOS MUDARNOS A ESTA CASA!
¿A que sí?
UNA COSA ES LO QUE QUERÁIS.
PERO QUIEN VA A VIVIR AQUÍ SOY YO.
NO VINISTE A VER A MAMÁ AL HOSPITAL NI UNA SOLA VEZ.
¿Y AHORA TE PLANTAS AQUÍ POR LA CARA?

¡SÍ QUE FUI! ¡LO QUE PASA ES QUE TÚ NO ESTA-BAS!
EN ESO NO HAS CAMBIADO NADA, JUN.
TE CREES QUE ERES LA ÚNICA QUE LO PASA MAL.
QUE ERES LA ÚNICA QUE ARRIMA EL HOMBRO.
Y CUANDO NO LO DICES, SE TE NOTA EN LA CARA.
Y, ENCIMA, VAS...
...Y ME SUELTAS ESO...
...AUN CUANDO TÚ MISMA ME HAS DICHO QUE NO QUERÍAS VERME MÁS.
¡TSK!
¡ESO ES CULPA TUYA, VAMOS!
¡FUISTE TÚ LA QUE...!
...
MIRA, PASO.
OLVIDAOS DE LA CASA Y PUNTO.

NO PIENSO...
...PER-DONARTE NUNCA.
SI QUIERES PASARTE LA VIDA DE MORROS CONMIGO, TÚ MISMA, CHICA.
¡PERO VAMOS A VIVIR AQUÍ Y NO HAY MÁS QUE HABLAR!
YA HEMOS RESCINDIDO EL CONTRATO DE NUESTRO ALQUILER.
ADEMÁS, NI QUE FALTARAN HABITACIONES. QUÉDATE EN LA QUE TE DÉ LA GANA.
!!
¡¿DE QUÉ VAS?!
JUN.

Perdona.
Sé que Ran ha dicho más de la cuenta.
Pero...
...me gustaría que la disculparas.
No soporto veros discutir...
...con tanto odio.
FLUUUS
Me duele porque...
...os quiero tanto a Ran...
...como a ti.

...
¿Y esa tontería que has dicho, Ritsu?
¿Tú te oyes?
¡Me das asco!
En serio, estoy harta.
Haced lo que queráis.
No pienso volver a esta casa.
Cojo mis cosas y me marcho.
Ya está.
Otra cosa más...
...que me ha quita-do.

Ran Tôgô

VAYA...
ESTABA AQUÍ.
Ático (Ran)
ARMAR
PLANTA
UNA VEZ MÁS...
ELLA ME LO HA ARREBATADO TODO.

LAS JOYAS...
LA ROPA...
¡EH!
Y AL HOMBRE AL QUE AMABA.

RITSU ES...
...EL NOVIO DEL QUE MÁS ENAMORADA HE ESTADO.
ME LO HE PENSADO MEJOR. ME QUEDO.
¡SI VAIS A VIVIR AQUÍ COMO OS DÉ LA GANA...!
¡...QUE SEPÁIS QUE VOY A HACER LO MISMO!

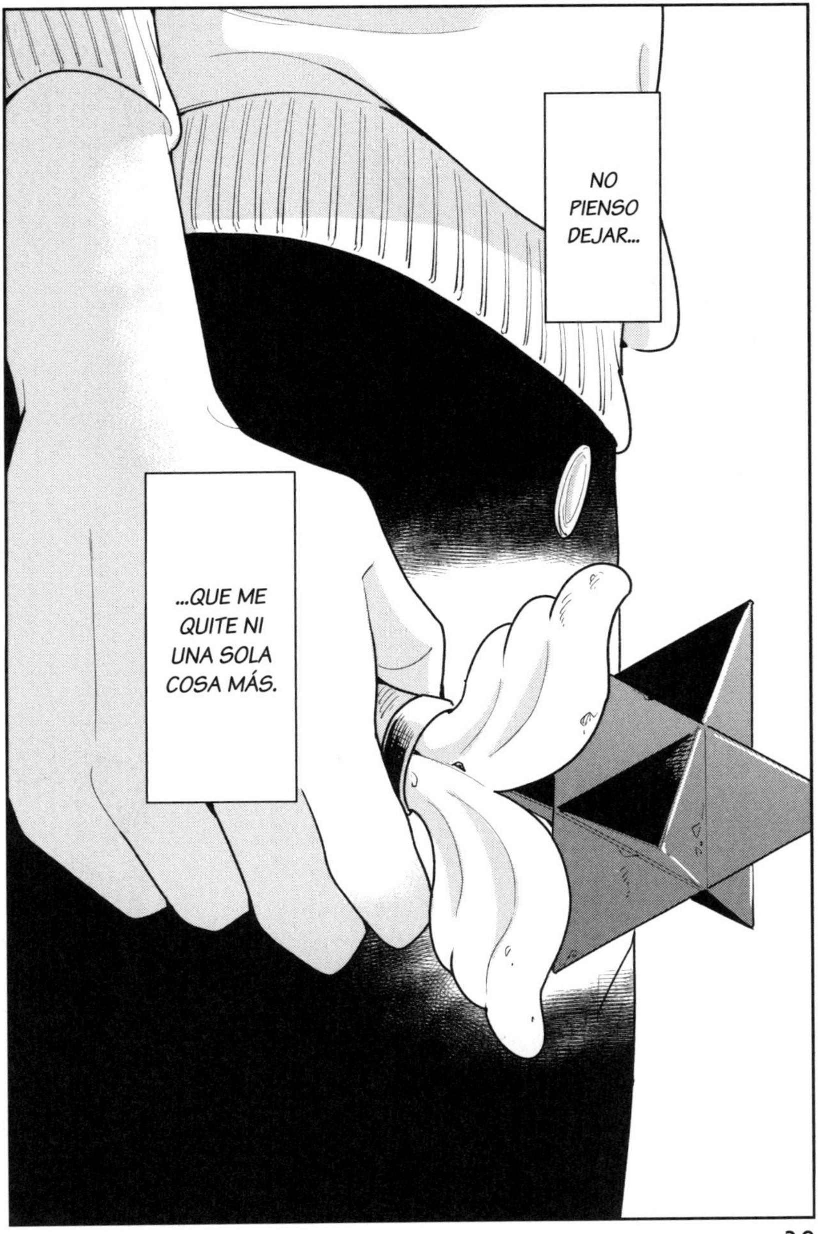
NO PIENSO DEJAR...
...QUE ME QUITE NI UNA SOLA COSA MÁS.

Batalla 2:
Solo lo sé yo
COCINA

PUES YA ESTARÍA LA GRADUACIÓN.
QUÉ RÁPIDO SE ME HA PASADO EL BACHILLERATO.
313
¿Y HAS VISTO LA LLORERA QUE LE HA DADO A RAN?
¡TODA TRISTE, COMO SI NOS FUÉRAMOS A IR LEJÍSIMOS!
¡Qué gracia!
¡Ja, ja, ja!
QUE SE AGUANTE.
ZZZ...
ZZZ...
ZZZ...

ZZZ...
LO QUE MÁS ME GUSTABA POR AQUELLA ÉPOCA...
ZZZ...
...ERA VER LA CARITA RELAJADA DE RITSU CUANDO DORMÍA.
ZZZ...
ERA ALGO QUE SOLO ME MOSTRABA A MÍ.
DISTINGUÍA LO LARGAS QUE ERAN SUS PESTAÑAS.
Y LOS LUNARES QUE OCULTABA BAJO LOS PÁRPADOS.
ZZZ...

MIIN
PERO...
...QUIEN ENTONCES RONCABA A MI LADO...
...AHORA DUERME CON MI HERMANA.
Fuaaah...

HOY YA ME TOCA...
...VOLVER AL TRABAJO.
Fuaaah...
¡QUEEEE...! ¡...SUEÑOOO!
RITSU, ¿CÓMO PUEDES LEVANTARTE ASÍ DE TEMPRANO?
YA VES...
¡AH!
¡BUENOS DÍAS, JUN!
¡EH!
¡¿POR QUÉ OS HABÉIS LEVANTADO TAN PRONTO?!

Bueno, porque Ritsu ha madrugado...
...Y me ha despertado a mí también con la alarma.
Y ya luego he pensado que podríamos desayunar juntos.
No sé.
¿Y no podéis venir cuando no esté yo? Pregunto.
No quiero teneros cerca.
¡TSK!
¡Anda, Ritsu, se te olvidó comprar zumo!
Ay, ¿por qué tienes que decir esas cosas tan feas, Jun?
Esta casa es mía también, ¿o no?
Va, luego lo compro.
¿En serio? ¡Graciaaas!
RAAAC

Ufff...
¡Aaah!
¡Tampoco has comprado mantequilla!
¡Ya empieza a salir lo que se nos ha pasado por la mudanza!
CHISC
¡¿Qué haces, Jun?! ¡No te pongas a fumar dentro de casa!
No voy a sentarme con vosotros.
...
Pues nada, chica.
Haz lo que quieras.

¿Sabes quién no fuma ya?
Ritsu, porque se lo pedí y me hizo caso.
¿A que sí? ♥
¡Ah!
¡Pero bueno!
¡Lo estás llenando todo de migas!

* Naranja 100 %

¿Por qué?
¿Por qué me habré afanado...?
¿...en vivir bajo el mismo techo que ellos?
オレンジ100%
¡Pon el plato debajo!

ESTOY CONVENCIDA DE QUE ELLA...
...YA SE HA FIJADO EN LO LARGAS...
...QUE SON SUS PESTAÑAS.
CLAC
Y SEGURO QUE SE CONOCE LOS LUNARES EN SUS PÁRPADOS...
...MEJOR QUE YO MISMA.
¡AH!
¡SEÑORITA TÔGÔ!

Lamento su pérdida.
Ah, gracias, señor Minami.
Yo lamento que haya tenido que cubrir mis clases estos días.
¡Qué va, si no ha sido nada!
Entiendo que ha tenido que volver a casa de su madre.
Quizá se le haga demasiado grande para usted sola.
Ah...
No, mi hermana menor también vive allí.
¡Vaya, qué sorpresa!
No sabía que tuviera una hermana.
Menos mal, de verdad.
¡Yo soy hijo único, así que me da mucha envidia la gente con hermanos!
Y yo que solo quiero que se largue...
¡Seguro que han sido Aoyama y su grupito!

¿Qué sucede?
Ah, señor Minami, fíjese usted.
Nos hemos encontrado esto.
En los baños.
¡Buf!
Ya van dos veces en este trimestre.
Habrá que revisar lo que llevan en las mochilas, ¿no?
En fin...
¿En serio le ven tanta gracia a fumar?
Si no es más que un vicio perjudicial para su salud.
Ah, perdón.
Que usted es fumadora, señorita Tôgô.
¡Ah!
¡Bueno...!

TAMPOCO FUMO PORQUE CREA QUE ME HAGA MÁS INTERE-SANTE.
MÁS BIEN ES PORQUE SE HA VUELTO UN HÁBITO Y ME CUESTA DEJARLO.
PERO...
RECO-NOZCO QUE EN SU MOMENTO LLEGUÉ A CREERLO.
CUANDO AÚN NO SABÍA NADA.
DE NO SER POR AQUE-LLO...
...NO HABRÍA SUCEDIDO TODO LO QUE VINO DESPUÉS.
¡SIGUIEN-TE!
¡MISHI-MA!

¡OYE!
¡MISHIMA!
AH...
SÍ.
PERDÓN.
¿ME PUEDES EXPLICAR ESTO?
¿QUÉ ES ESE NÚMERO QUE HAS ESCRITO AL LADO DE TU NOMBRE?
El 26, digo.
AH...
LA CANTIDAD DE MINAS QUE TENÍA DENTRO DEL ESTUCHE.
¿TAN SOBRADO IBAS, CHAVAL?
EN FIN... ¡SIGUIENTE!

95
Ritsu Mishi
!!
¿EN SERIO?
¡PENSABA QUE LA NOTA MÁS ALTA ERA LA MÍA!
¡Ja, ja, ja!
¡LOS DEL FONDO, A CALLAR!
91
Jun Tôgô
¡26 contadas!
NO ES POR LAS MINAS, ¿EH? SON LAS VECES QUE EL SEÑOR YANAGI SE PEINÓ DURANTE EL EXAMEN.
¡PERO SI NO TIENE CASI NADA QUE PEINAR YA!
¡Ja, ja, ja!

ERA UN CHICO QUE LO HACÍA TODO BIEN.
¿Y este?
¿Ya se ha quedado dormido?
¡Me parto!
VEÍA EN ÉL LO QUE YO NO TENÍA.
¿Eeeh?
YAYOCHI, ¿A TI TE GUSTA MISHIMA?
NO TE CREO.
¡JUN, QUE NO!
¡YA TE HE DICHO QUE NO ME GUSTA EN ESE PLAN!
¡CREO QUE ES MONO, PERO YA ESTÁ!
¿Y TÚ QUÉ?
¿NO VAIS A LA MISMA ACADEMIA DESPUÉS DE CLA-SES?
¡BAH! A MÍ ME DA BASTANTE IGUAL, ¿EH?
PLOC
ロッ

AH...
Se me ha caído.
TEN.
MÁS QUE NADA, ME DESAGRADABAN SUS OJOS.
GRA... CIAS...
ERAN DEMASIADO OSCUROS.
COMO SI FUERAN UN POZO SIN FONDO.

¡LO SABÍA!
¡VOY A LLEGAR TARDE A LA ACADEMIA!
¡ESO ME PASA POR DARLE CUERDA A YAYO-CHI!
* Parque Shirosuna
DICEN QUE EN ESTE PARQUE...
...HAY PERVERTIDOS QUE SE TE ACERCAN SI TE VEN SOLA.
TAP
PERO CLARO...
¡ES EL ÚNICO ATAJO!

¿EH?
¿EL UNIFORME DE NUESTRO INSTI?
No veo...

¿QUÉ?
¿Y ESTE QUÉ HACE AQUÍ?
¿NO TIENE QUE IR...?
¿...A LA ACADEMIA?
!!
GLUC
ビクッ

AH, TÔGÔ...
¿TÚ TAMBIÉN TE SALTAS LAS CLA-SES?
¿POR QUÉ SONRÍE?

EN CUANTO ME PRE-GUNTÉ ESO...
...ME QUEDÉ TOTALMENTE PRENDADA DE ÉL.
ASÍ FUE COMO EMPECÉ CON RITSU.

TAC TAC
TAC TAC
TAC TAC TAC
TAC
TAC
SE ME HA OLVIDADO PREPARAR LOS PARCIALES.
Y tampoco he terminado de ordenar...
Bufff...
MADRE MÍA, LA HORA QUE ES.
1:25
¡Ya estamos aquííi!
RAN, BAJA LA VOZ.

Baaah, tú tranquilooo...
Estás borracha, ¿a que sí?
Bueeeno, bueeeno... ¡Hoy tocaba, que nunca comemos fuera!
¡Y ya de paso celebramos la mudanza!
Yaaa... ¡ya montaremos una fiesta luego! ¡Con todo el mundo!
Mira, Hasegawa tiene que venir sí o sí...
Bueno, ya se verá mañana. Ahora a dormir.
Vamos a quitarte la parte de arriba...

TAC
TACTAC
TAC
TACTAC
TACTAC
TAC
SI YA...
...LO DABA POR CERRADO...
¿POR QUÉ...?
¿...ME DUELE...?
¿...TANTO?
MEJOR VOY...
...A QUE ME DÉ EL AIRE.
ÑIC

Buf...
ME FUMO UNO Y ME VOY A DORMIR.
¡Snif!
¿Y ESTO?

¿DE DÓNDE SALE?
¿HAY ALGUIEN MÁS?

ZRAS

AH...
TENÍA...
...QUE SER ÉL.

¿POR QUÉ SERÁ...?
¿...QUE SONRÍE IGUAL QUE ENTONCES?
NO SE LO CUEN-TES.
A RAN, DIGO.
CHISC
¡BAH!
COMO SI ME HABLARA CON ELLA.
CHISC
CHISC
CHISC
ESPE-RA...

¿Eh?
¡Oye...!

NO SABES CUÁNTAS GANAS TENÍA...
...DE VOLVER A VERTE, JUN.

Batalla 3:
Mis cosas

NO SÉ...
...MUY BIEN QUÉ HA PASADO.
BUENO...
EN REALIDAD...
...NO HA ESTADO MAL.
HA SIDO UN BUEN RATO.

CLAC
AH...
RAAAS
HOLA.

AH, JUN.
¿QUÉ TAL?
RAAAS
¿EH?
¿Y YA ESTÁ?
RITSUUU...
¿ME ESTÁS ESCUCHANDO?

¿Qué?
¡Digo que si te viene bien el 27 para la fiesta por la mudanza!
¿Eh? Ah...
Sí, vale.
¡Ay, qué bien! Me preocupaba que no pudieras por lo ocupado que estás.
Ah, ya.
Pero ese día sí que puedo.
¡Por cierto, que no se te olvide anotarlo en la agenda del móvil, no se te vaya a pasar!
¡Que me conozco el patio ya!
¡Va, que yo te vea!
¡Tengo que empezar a ordenar todo el salón en cuanto lleguen los muebles!
¡Mañana mismo me pongo manos a la obra!
¿Podrás tú sola?
¡Claro!

Va a venir...
Mira, ¿sabes quién?
Seguidores
Ran Mishima
¡Naoko Akutsu, la que es modelo!
¡El otro día en el trabajo me dijo "¿Por qué no te abres una cuenta de Insta?"!
¡Ah, y Sae también!
Y luego...
Yo me voy a dormir ya.
Mañana madrugo.
¡¿Qué dices?! ¡Si aún nos queda una hora!
Tú descansa, ¿vale?
No te necesito para preparar el desayuno.
Sigue durmiendo tranquila.
...
Ah...
Mierda.

ESTÁ LLORANDO...
¿CÓMO QUE NO ME NECESITAS?
¡¿YA NO TE ACUERDAS DE LO QUE ME PEDISTE EN LA BODA?!
QUE AUNQUE NO ME OCUPARA DE LAS TAREAS DE LA CASA, TÚ SERÍAS FELIZ SI TE PREPARABA EL DESAYUNO.
¡DIME LA VERDAD! ¡YA NO ME QUIERES, ¿A QUE NO?!
¡¿YA NO TE IMPORTO?!
A VER, NO TE PASES.
¡¿AÚN ARRASTRAS AQUELLO?!

¿CUÁNTAS VECES TENGO QUE DECIRTE QUE NO?
¿YA ESTÁS OTRA VEZ CON ESE TEMA?
¿Y QUÉ LE HAGO...?
RAN...
TE QUIERO, ¿VALE?
¿MÁS QUE A NADIE?
SÍ.
JE, JE...

Ritsu, perdona.
Me he pasado.
Tranquila. Duérmete.
CONC
PAM
BZT
BZT
BZT
¡¿EH?!
¡¿QUÉ?!
¡¿PERO QUÉ OCURRE?!
CLONC

CUÁNTO JALEO...
¿QUÉ LES HA DADO AHORA?
¡Arri-ba!
¿EH?
¿PERO QUÉ HACES?
¡AH! ¡HOLA, JUN!
NADA, ORDENANDO UN POCO.

¡Ah, es verdad!
El 27 vamos a montar una fiesta aquí.
Por eso estoy dejando el salón más presentable.
¡Por la mudanza, ya sabes!
¿Una qué?
¡No, no, no!
¡¿Eso quién lo ha decidido?!
¡¿En serio?! ¡¿En casa?!
¡Tranquila!
Nos vamos a ocupar de todo, hasta de recolocar los muebles.
¡Si no es por eso...!
FRAS

ESPERA...
¡¿TODO ESO NO ESTABA EN LOS ESTANTES DE MAMÁ?!
¡¿LO IBAS A TIRAR?!
PUES SÍII.
PARECE QUE NO, PERO EN ESTA CASA TAMPOCO CABEN TANTAS COSAS.
NO SÉ...
MAMÁ SE HA MUERTO HACE NADA...
...Y A TI TE DA POR MONTAR UNA FIESTA.
¡QUE NI SIQUIERA TENEMOS SUS CENIZAS AÚN!
...NI CÓMO ERES CAPAZ.
NO SÉ...
¿CREES QUE NO ME DA PENA?
LO DE MAMÁ, DIGO.

PERO YA...
...NO ESTÁ.
EN NINGUNA PARTE.
TE ODIO.
SE TE DEBERÍA CAER LA CARA DE VERGÜENZA.

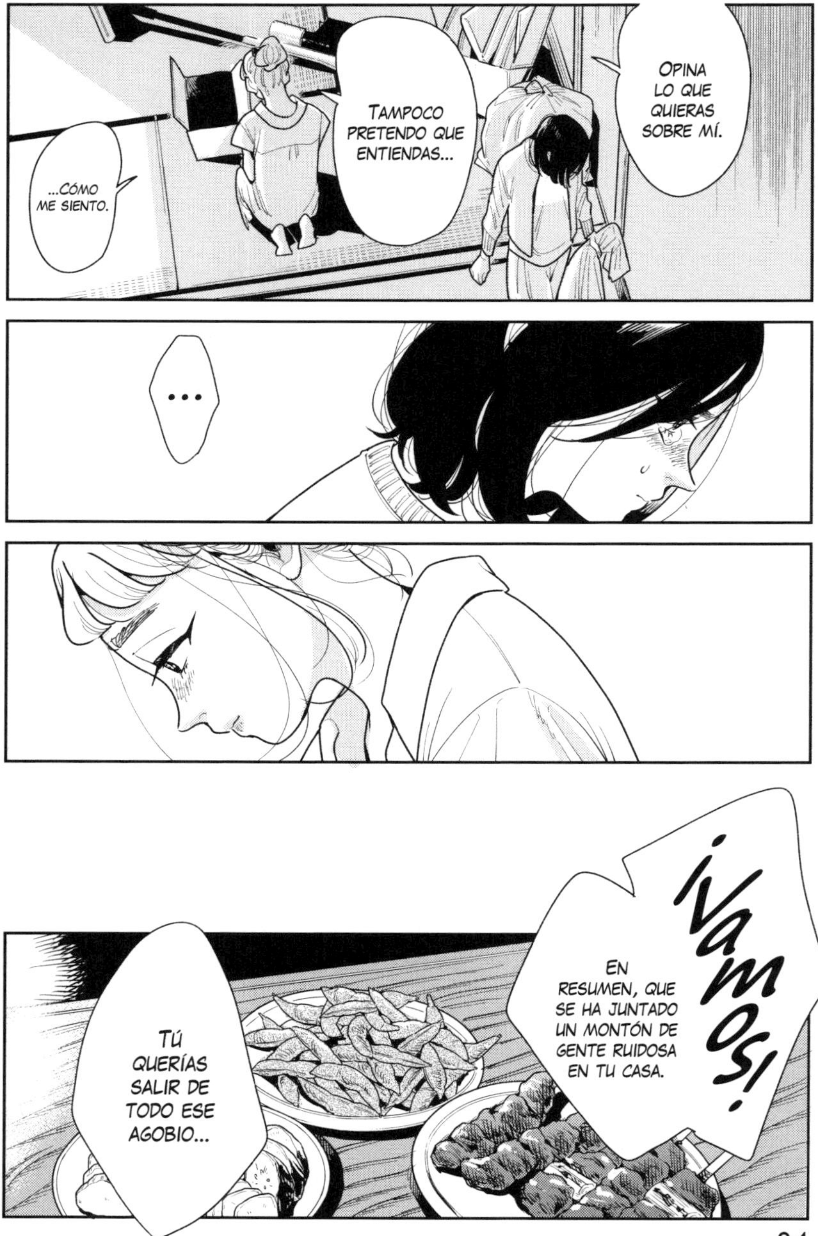
Opina lo que quieras sobre mí.
Tampoco pretendo que entiendas...
...cómo me siento.
...
¡Vamos!
En resumen, que se ha juntado un montón de gente ruidosa en tu casa.
Tú querías salir de todo ese agobio...

...Y por eso me has llamado con tantas prisas.
¿Y eso por qué?
¡Paso!
Chica, socializa un poquito y disfruta de la fiesta, ¿no?
Es verdad, Yayochi.
Perdona las prisas.
¡Tú tranquila!
¡Tengo a los yayos cuidando de los nietos!
¡Bueno!
A ver, dime... ¿Qué tal?
¿Cómo te sientes viviendo con Mishima?
¡¿Te has vuelto a pillar por él?!
Porque recuerdo que te gustaba una barbaridad, Jun.
¿Tú crees que es una señal del destino, que os ha vuelto a juntar así?
¡Sí, hombre!
¡A ti lo que te pasa es que ves demasiados culebrones, Yayochi!
¡Tremendo lo tuyo, chica!
A mí me dicen de vivir con ellos y los mando a la mierda.

Mira, yo que tú me buscaba un abogado que lleve lo de la herencia y en cuanto pudiera me olvidaría de ellos.
A no ser que seas masoca, claro.
Ah... qué va.
A ver...
Es lo suyo.
Pero me niego a ceder.
Llevo perdiendo contra mi hermana toda mi vida.
Así que...
¡Ah, ¿qué competís?!
¡¿Y el premio es Mishima o qué?!
¡Yayochi, que no va por ahí el asunto!
¡Perdone!
¡En fin, yo lo que quiero es que nos emborrachemos juntas!
¡Valeee!
¡Buff!

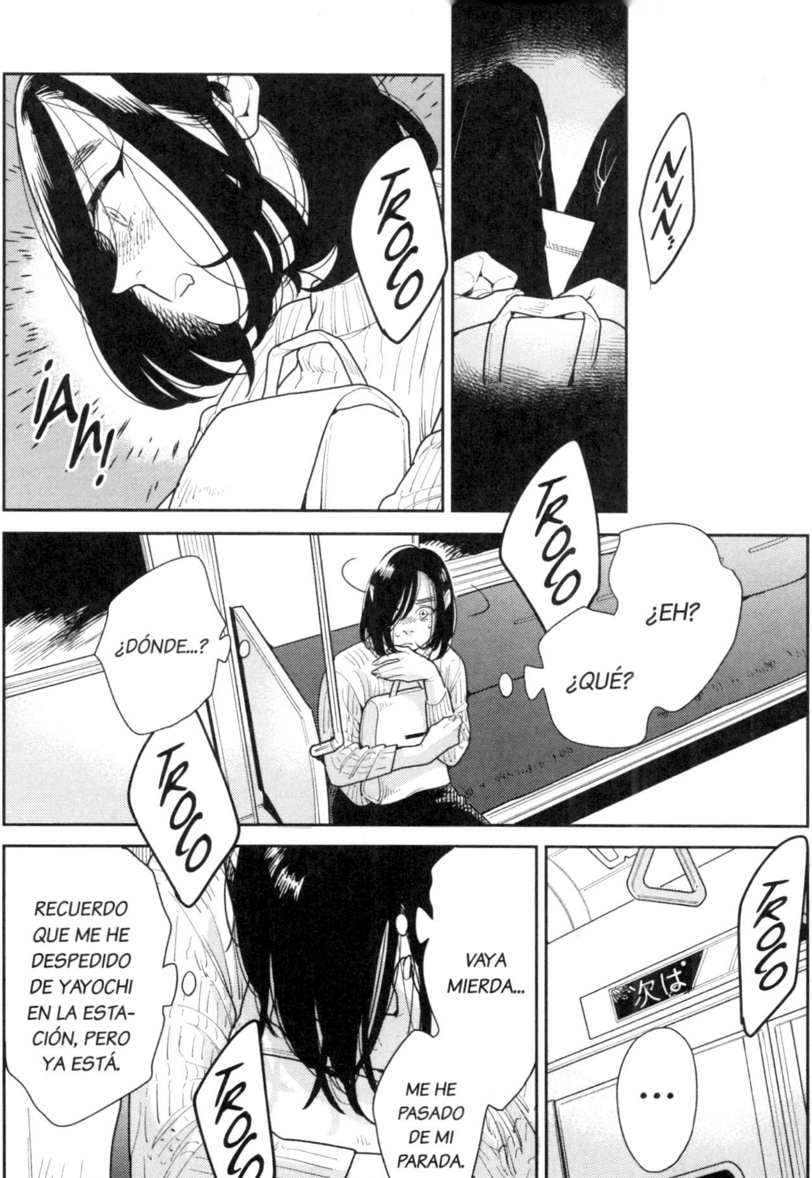

* Próxima parada

TROCO
ENCIMA, VA Y ME PASA...
...EN EL EXPRESO.
TROCO
TROCO
TROCO
ESTO ME RECUERDA A ALGO.
A UNA NOCHE QUE RITSU Y YO ESTUVIMOS EN UN VAGÓN ASÍ.
HUBO ALGO QUE ME PUSO MUY TRISTE...
...Y NO PODÍA PARAR DE LLORAR.

DIME...
¿NOS VAMOS A LA COSTA?
Y NOS QUEDAMOS POR ALLÍ A DORMIR.
CUANDO ESTABA CON RITSU...
11.24 SUN
VALE.
...LAS COSAS QUE ME IMPONÍAN RESPETO LUEGO NO ERAN PARA TANTO.

QUE SI LA ACADEMIA...
QUE SI LAS CLASES DE MAÑANA...
QUE SI EL TOQUE DE QUEDA...
RITSU...
...ES MÍO.
¡Ja, ja, ja!
¡No te creooo!
¿EH?

¡PERO BUENO! ¡¿AÚN SIGUEN?!
BUF...
LLEVAN LA TIRA YA...
AH...
ANDA.
HOLA.

¿EL MECHERO?
VOY.
¿VAN A ESTAR HASTA MAÑANA O QUÉ?
DILES QUE SE VAYAN A SU CASA DE UNA VEZ.
CHISC
YA...
PERO...
RAN SE SENTIRÍA SOLA SI TODOS SE MARCHARAN.
ESTÁS DEMASIADO PENDIENTE DE LO QUE QUIERE RAN.
SI TE DICE QUE TE TIRES DE UN PUENTE, ¿TE TIRARÍAS?
...
BUENO, ME VOY.
TOMA, QUÉDATE EL MECHERO.

¡EH! ¡¿POR QUÉ HUYES?!
¿ME LO PUEDES EXPLICAR?
LLEVAS DESDE LO QUE PASÓ ESE DÍA...
...EVITÁNDOME UNA Y OTRA VEZ.

ME HE DADO CUENTA DE QUE AÚN SIENTO ALGO POR TI.
Y ME HA ENTRADO EL PÁNICO.
ME VOY.

¿RITSUUU? ¿DÓNDE ESTÁS?
¡EOOO! ¡RITSUUU!

POM
...
¡NO...!
¡HA SIDO SIN...!

AH..

¡OYE!

YABE, ¿TE IMPORTA IR A LA COCINA A POR MÁS AGUA CON GAS?
NO SÉ DÓNDE SE HA METIDO RITSU... Perdona, ¿eh?
¡VOY!
FSHHH
FSHHH
AH... EHM... PERDÓN POR TODO ESTE JALEO...
...

¡YABEEE, MUCHÍSIMAS GRACIAS, JO!
¡QUÉ VA!
¡No tienes por qué darlas!
OYE, ¿VIVÍS CON ALGUIEN MÁS EN ESTA CASA?
ACABO DE VER A UNA MUJER.
¡AH!
SERÁ MI HERMANA, QUE HABRÁ VUELTO YA.
¡¿ES TU HERMANA MAYOR, MISHIMA?!
¡Qué sorpresa!
¡PUES NO OS PARE-CÉIS!

JE, JE...
NO NOS PARECEMOS, NO.
NOS HEMOS CRIADO COMO HERMANAS...
...PERO NUESTROS PADRES SON DISTINTOS.
¡Andaaa! ¡¿En serio?!
¡Fíjate que creía que eras hija única, Mishima!
...

Cuéntanos, ¿cómo es tu hermana?
No sé, alguien normaaal... Trabaja de profe en un instituto.
¡¿En un instituto?!
¡Qué fuerte!
¡Tiene todo el sentido! Me pareció más seca que tú.
Le pega que sea más estricta. ¡Hasta por el pelo que tiene!
¡Aaanda!
Batalla 4: Mi recuerdo de entonces
Quién lo hubiera dicho.

SIEMPRE HE QUERIDO SER MI HERMANA.
PERO...
¿...QUÉ CARA PONDRÍAN MIS AMIGAS SI LES CONFESARA ALGO ASÍ?

Batalla 4:
Mi recuerdo
de entonces

¡AH! ¡MIRA, MAMÁ!
¡MIRA CUÁNTAS FLORES!
¡JUN, NO TE ALEJES MUCHO!
JO, OJALÁ ESTUVIERA PAPÁ.
HOY NO TRABAJA, ¿NO?
BUF, MEJOR QUE NO VENGA, LA VERDAD.
LUEGO ME TOCA A MÍ PRE-PARAR MÁS ALMUERZOS.
SI TANTO ECHAS DE MENOS A TU PADRE, RAN...
¿...NO HABRÍA SIDO MEJOR QUE TE QUEDARAS EN CASA?
...
¡NO...!
¡AH!

¡Valeee!
¡EH, JUN! ¡ESPERA!
¡Te vas a caer!
¿OS PARECE SI NOS SENTAMOS EN ESOS BANCOS?
Que necesito descansar un poco.
ふ
わっ
FRIS
VAYA NIÑA...

¡JUN, SIÉNTATE AHÍ!
¡MIRA, MAMÁ!
¡LA HE COGIDO!
¡¡Aaah!!
PAAAF

NO SÉ CUÁNTAS VECES TE HE DICHO YA QUE NO HAGAS ESO.
¡A JUN NO SE LE OCURRIRÍA COGER UN BICHO CON LAS MANOS!
PERDÓN...
¡POR ESO NO TE SOPORTO, RAN!
¡AH!
¡ESPERA!

¡Estás enchascada de sudor, Jun!
¡Nooo, para!

POR AQUEL ENTONCES...
...JUN ACAPARABA LO QUE MÁS QUERÍA.

YA ESTOY.
Mira, ya he pagado.
¡AAAY! ¡MUCHAS GRACIAS!
¡VAYA CABEZA LA TUYA! ¡SI TE HAS VUELTO A OLVIDAR DEL ZUMO!
BUENO, DA IGUAL.
¡PARA UN DÍA QUE SALIMOS JUNTOS!
YA VES.
¡¿EN SERIOOO?! ¡QUÉ BIEN!
...
¿RAN?

NO LO VEÍA COMO PARA LLEVARME EL PRIMER PREMIO, LA VERDAD...
¡¿QUÉ DICES, CARIÑO?! ¡CON LO BIEN QUE HAS DIBUJADO TÚ SIEMPRE!
¡OJALÁ TUVIERA YO ESE DON!
¡HABRÁ QUE ENMARCARLO, ¿NO?!
¿QUÉ DICES? NO HACE FALTA.
¡Ya dibujaré otras cosas mejores!
¿RAN?
TAP
¿EH? ¡AH, PERDÓN!
¡VÁMONOS!

RAN... ¿VA TODO BIEN?
¿EH? SÍ, ¿POR?
HMMM...
NO SÉ, TE NOTO ALGO DISTRAÍDA.
¡AH!
VALE, LO DICES POR ESO.
BUENO, SUPONGO QUE LA FIESTA ME HA DEJADO UN POCO AGOTADA.
NORMAL, SI AL FINAL ESTUVIMOS TODA LA NOCHE EN ESE PLAN.
¡YA TE DIGO! ¡NO PUEDE SER QUE ESTEMOS TAN MAYORES, ¿EH?!
¡QUE, POR CIERTO, NO SABÍA YO QUE AKUTSU BEBÍA COMO UNA ESPONJA!

POR CIERTO, ¿PUEDO IR A COMER CON TAKEDA ESTE FINDE?
COMO NO PUDO VENIR A LA FIESTA...
AH, CLARO.
YA ME CONTARÁS QUÉ TAL.
RITSU, ¿NO TE ENTRAN CELOS DE PENSARLO?
VOY A COMER FUERA ESTE FINDE...
...Y, ENCIMA, VOY A ESTAR A SOLAS CON TAKEDA, QUE ES UN HOMBRE.
AH...
NO ME PRE-OCUPA.
¡¿QUÉ?!

¡¿CÓMO QUE NO?!
¡¿QUÉ OCURRE, QUE LLEVAMOS TANTO TIEMPO JUNTOS QUE YA NO SIENTES LO MISMO?!
¡Ya te valeee!
BUENO...
ASÍ ES EL AMOR, ¿NO?

¡DAME LA MANO, RITSU!
¡QUE SE NOTE QUE ES UNA CITA!
VA.

¡Vamos a ver, Jun!
¡¿Cuántas veces te he dicho que no fumes dentro de casa?!
Mira que eres pesada.
Tengo todo el derecho, que la casa es tan tuya como mía.
Además, bastante hago ya viniendo al porche a fumar.
Mira cómo lo habéis dejado todo con la fiesta.
¿Quieres que hable yo también?

¡AAAH! YA, BUENO, IBA A RECOGER EN CUANTO LLEGÁRAMOS A CASA.
¡RITSUUU, ÉCHAME UNA MANO!
VOY.
A VEEER...
VAMOS A QUITAR ESA SILLA, QUE ESTÁ AHÍ OCUPANDO ESPACIO.
Y MOVEREMOS EL SOFÁ PARA QUE ESTÉ MIRANDO A LA TELE.
VALE.
ガタ
RAAAC
¿¡EH?!
¡NO TE PREOCUPES, JUN, QUE ESTO YA LO ORDENAMOS NOSOTROS!
NO.
HARÍAIS MUCHO RUIDO Y TARDARÍAIS MÁS.

Ah...
Vale.
Eh, Ran...
Aquí se ha derramado algo.
¡No sé si vino o qué!
¡Aaay!
¡Tienes razón!
¡Habrá sido Yabe, seguro! ¡De cuando estaba dando tumbos ya al final!
Ah, pero también puede que fuera Sato...
¡Vaya desastre de chicas!
¡Je!
Me alegro de que vinieran, pero... ¡uuuf!

Seguro que estás contenta...
...Por todo lo que te aprecian.
Sí...
Así es.
Me va bien en el trabajo.
Tengo muchas amistades.
Ahora mismo...
...soy feliz.
Y, sobre todo, Ritsu está a mi lado.
Ya no estoy...
...como entonces.

¿POR QUÉ, CUANDO MIRO A MI HERMANA...?
¿...RECUERDO CON TANTA VIVEZA AQUELLOS DÍAS?
AUN ASÍ...
¿POR QUÉ SERÁ?

...
YA ESTÁ TODO, ¿NO?
LA PRÓXIMA VEZ QUE SE OS ENCIENDA LA BOMBILLA, POR LO MENOS MONTAD LA FIESTA EN EL PATIO.
Ufff...
QUÉ SUEÑO...
BUENO, NOS VAMOS YA...

¿QUÉ PASA?
NADA.
ME APETECÍA ABRAZARTE.

NO PASA NADA...
PORQUE TENGO...
...A RITSU.

VA TODO BIEN...

PIPIPI PIPIPI
Alarma
7:
CLIC
Ugh...
¡Mierda!
!!
¡Ay, Ritsu! ¡Perdón!
¡Me he quedado dor...!
¿No te hace falta a ti?
Quédatelo. Yo no me lo voy a comer.
Total, Ran está durmiendo a pierna suelta.
TAP
TAP
TAP

¡JUN, NO HACE FALTA QUE LE DES NADA!
¡YA PREPARO YO EL DESAYUNO, QUE ES LO MÍO!
¿EN SERIO?
QUÉ MIMADO LO TIENES, ¿NO?
PIP
ADEMÁS, SI YA HAS ACABADO DE DESAYUNAR, DEBERÍAS MARCHARTE AL TRABAJO.
RAAAC
Fuaaah...
Bufff...
YA ME IBA, NO HACÍA FALTA QUE ME LO DIJERAS.
PERDONA, RITSU.
AHORA MISMO TE...

¿HMMM?
AH, VALE.
GRACIAS.

¿EH?
¿Y ESO?
QUITA.
Me he dejado los cigarros.

Hermanas en guerra 1 - FIN

EPÍLOGO

¡Muchas gracias por haber comprado este tomo de *Hermanas en guerra*!

¡YA QUE ESTOY, OS PRESENTO A MI PERRO!
ES UN LEBREL ITALIANO DE UN AÑITO Y MEDIO. SE LLAMA...
TSURU
ES UN PERRO QUE QUIERE SOCIALIZAR Y HACERSE AMIGO DE TODO CUANTO HAYA EN LA FAZ DE LA TIERRA.
Palomas
Gato abandonado
Un señor
Bolsa de plástico
¡Ya está bien!
ME GUSTARÍA PRESENTAROS A LOS PERROS QUE ESTÁN DISPUESTOS A SER AMIGOS DE TSURU.

¿QUÉ OCURRE?
PIT
¿HASTA DÓNDE IREMOS DE PASEO HOOOY?
Arf..
Arf..
¡Y el perro ya se ha puesto en diagonal!
¡Ah! ¡Es que quiere jugar con ese perro!
Arf..
CADA VEZ QUE NOS ENCONTRAMOS CON ESTE BULLDOG FRANCÉS, TSURU Y ÉL SE ABALANZAN EL UNO SOBRE EL OTRO.
(Así es como juegan)
ÑACA

¡Ah, claro!
¡AAAY!
¡QUÉ MONO! ¡Y QUÉ PATITAS MÁS FINAS!
¿Puedo acari-ciarlo?
QUIERE MUCHO A SU DUEÑA.
ASÍ QUE, A LA MÍNIMA QUE SE LE ACERCAN, SE PEGA A ELLA Y SE PONE EN GUARDIA.
¡OYE, DÉJALO TRAN-QUILO!
POUM
TAMBIÉN LE GUSTA MORDER Y CHUPE-RRETEAR LAS OREJAS DE TSURU.
¡Una monada de perro, vamos!

¡Ahí va!
ANDA QUE NO TE LO HAS PASADO BIEN, ¿EH?
¡¿ES UN SHIBA INU?!
Arf...
¡NO ME DIGAS!
Arf...
Arf...
Arf...
Arf...
M... ¿MÁS...?
Arf...
¡NECE-SITO UN PLANO MÁS DE CERCA!
¡MÁS!
Arf...
Arf...
Arf...

¡Buenos días!
Perdone que le pregunte: ¿de qué raza es su perro?
¡Buenos días!
Pues verá...
Es un *pomerania*, aunque me ha salido un poquitín grande.
¡Vaaale! Tenía toda la pinta de ser un *shiba inu* visto de lejos...
...Pero ha resultado ser un *pomerania* que ha salido ~~gigantesco~~ un poquitín grande.
¡Pórtate bien!
Cuando se topa con otro perro más sociable, se pone tímido de repente.
¡Una monada de perro, vamos!
¡Menuda rachita de jugar llevas, amigo!

* Inmobiliaria OX

¡AGRADECIMIENTOS VARIOS!

- Al equipo editorial.
- A Satsuki, mi ayudante.
- A todas las personas que habéis comprado este libro.

HERMANAS EN GUERRA VOL. 1

Kemutai ane to zurui imouto by Battan

First published in Japan in 2022 by KODANSHA LTD., Tokyo.

Publication rights for the Spanish edition arranged through
KODANSHA LTD., Tokyo.

KODANSHA

PUBLICACIÓN DE MILKY WAY EDICIONES
EDIFICIO RIBADEDEVA 1 P02 D
33590 COLOMBRES
PRINCIPADO DE ASTURIAS
E-MAIL: INFO@MILKYWAYEDICIONES.COM

Traducción: Alejandro Sánchez Herrera
(DARUMA Serveis Lingüístics, SL)

Corrección: Raúl Izquierdo García

Director Editorial: Enrique Fuentevilla Noriega
Editor: Carlos E. Subero Ágreda

Depósito Legal: AS 00565-2024
ISBN: 978-84-10223-18-9
PRINTED IN E.U.

WWW.MILKYWAYEDICIONES.COM